Der letzte Schwur

Die Nareth-Saga – Band I

Eren Valen

Impressum

Titel: Der letzte Schwur
Autor: Eren Valen
Erstveröffentlichung: 2025

Alle Rechte vorbehalten.
Die Vervielfältigung, Verbreitung und öffentliche Wiedergabe dieses Werkes – auch auszugsweise – ist ohne ausdrückliche Genehmigung des Autors nicht gestattet.

Dieses Buch ist ein Werk der Fiktion. Ähnlichkeiten mit realen Personen, Ereignissen oder Orten sind rein zufällig.
Die verwendeten Namen, Orte und Konzepte entstammten der Vorstellungskraft des Autors.

© 2025 Eren Valen
Verlag: BoD · Books on Demand GmbH, Überseering 33, 22297 Hamburg, bod@bod.de
Druck: Libri Plureos GmbH, Friedensallee 273, 22763 Hamburg

Gedruckt in Deutschland
ISBN: 978-3-8192-4692-0
Satz und Gestaltung: Eren Valen
Covergestaltung: Eren Valen

„Der Schmerz war das Einzige, was ihn noch spüren ließ, dass er lebte - und genau dieser Schmerz öffnete das Tor.“

Kapitel 1 - Der Schmerz öffnet das Tor

Die Nacht war kalt, aber in Rajans Brust brannte es.

Er saß reglos auf dem Boden der verfallenen Hütte, irgendwo hinter dem Grat der stillen Berge. Nur der Wind, der durch die Ritzen strich und das leise Knistern der Glut sprachen noch zu ihm. In seinen Händen: das alte Medaillon. Zerkratzt. Verdreckt.

Auf der Rückseite eingraviert: „Nur wer fällt, kann auferstehen."

Er hatte es nicht vergessen. Kein Tag verging, ohne dass der Satz sich in seine Gedanken bohrte wie ein glühender Dorn. Rajan atmete tief ein. Spürte die Narbe unter seinen Rippen pochen. Die alte Wunde, von jenem letzten Kampf, der ihn gebrochen hatte. Vielleicht war es das, was er danach getan hatte.

Oder nicht getan hatte.

Er zog die Kapuze tiefer ins Gesicht und schloss die Augen. Und dann, wie jede Nacht, kam sie: die Stimme. Leise. Wispernd. Nicht aus dieser Welt.

„Du kannst dich verstecken, Rajan. Aber Nareth vergisst nicht."

Er zuckte zusammen. Nicht vor Angst - sondern weil er wusste, was folgen würde. Die Kälte in den

Gliedern. Das Ziehen hinter den Augen. Der Sog. Der Schmerz.

Rajan sank auf die Knie. Die Welt um ihn wurde grau. Nicht schlagartig - sondern wie unter Wasser gezogen. Das Knacken des Feuers verklang. Die Luft roch nach Asche. Und dann war da nichts mehr.

Nur der Herzschlag. Und dann: Stille.

Als er die Augen öffnete war er nicht mehr in der Hütte. Der Boden unter ihm war aus schwarzem Stein. Die Luft war dick wie Rauch. Über ihm kreisten Schatten, die keine Flügel hatten. Und irgendwo in der Ferne schlug etwas - wie ein uralter Gong, der durch Fleisch und Knochen hallte.

Er war zurück in Nareth.

Jener Ort, der zwischen Leben und Tod lag. Kein Himmel, keine Hölle - sondern der Raum dazwischen. Die alten nannten ihn „das Echo der Seele".

Nur wer gebrochen war, konnte Nareth betreten. Wer am Rand stand - zwischen Wahnsinn, Vergebung oder Zerstörung. Es war keine Welt wie die ihre. Kein Ort, an dem man lebte.

Nareth spiegelte das Innerste, verzerrte es, prüfte es. Manche fanden dort Erlösung. Andere verloren sich für immer. Für Rajan war Nareth früher ein Schlachtfeld gewesen. Jetzt war es sein Richter.

Nicht durch seinen Willen. Sondern weil etwas in ihn rief. Etwas, das wartete.

Etwas, das wusste, dass der Krieger, der nicht mehr töten wollte - der letzte Wächter -

noch eine Schuld zu begleichen hatte.

Rajan stand inmitten der Stille. Er kannte diesen Ort. Die schwarzen Steine unter seinen Füßen hatten das Blut unzähliger Träumer aufgesogen. Träumer, die gefallen waren - in sich selbst.

Überall um ihn: Nebel, der atmete. Dunkelheit, die lauschte. Dann spürte er es. Nicht Wind. Nicht Magie. Ihn.

„Du bist früh, Rajan.“

Die Stimme schnitt wie kaltes Eisen. Er wandte sich um - langsam, obwohl er wusste, wer dort auf ihn wartete.

Der Dämon stand in einer Senke aus Schatten. Keine Hörner. Keine Flammen. Nur ein Mann. Oder das, was von einem übrig war. Sein Gesicht war das seine. Nur… leer.

Die Augen: tiefschwarz, ohne Licht.

Die Haut: wie verbrannt, doch heil.

Seine Stimme: ein Wispern, das durch Mark und Bein kroch.

„Du kommst her - und dennoch leugnest du mich.“

Rajan schwieg.

„Du denkst, Nareth wäre dein Gefängnis."

Der Dämon trat näher.

„Aber ich… ich bin dein Wärter."

Rajan ballte die Fäuste. Seine alten Narben brannten auf. Der Dämon lachte - nicht laut, aber vernichtend.

„Weist du noch, wie sie geschrien haben? Als du das Tor geöffnet hast?"

„Genug."

„Als du das Kind nicht verschont hast?"

„Ich sagte: GENUG!"

Rajan stürzte nach vorn, wollte zuschlagen - doch seine Hand durchdrang nur Nebel.

Der Dämon wich nicht. Er musste es nicht.

„Du kannst mich nicht töten Rajan. Ich bin aus dir geboren."

„Dann werde ich dich wieder dorthin schicken, wo du herkamst."

„Versuch´s. Doch du weißt es: Solange du dich selbst nicht vergibst - werde ich bleiben."

Rajan stand keuchend da. Blut tropfte aus seiner Faust - obwohl er nichts berührt hatte. Und tief in Nareth hallte wieder dieser uralte Gong.

Der Dämon trat zurück in den Nebel.

„Nareth ist erwacht. Und mit ihm - das, was du nie begraben konntest."

„Willkommen zu Hause, Rajan."

Was damals geschah - Rajans Fall

Rajan war einst Teil des Kriegerordens „Flamme der Zucht" - eine Elite aus Disziplin, Opfer und Gehorsam. Der Orden kämpfte nicht für Reichtum, sondern für „Reinheit" - sie vernichteten alles, was als „Seelenkrankheit" galt: Magie, Gefühle, Abweichung, Zweifel.

Rajan war ihr bester Mann. Keiner war so kompromisslos. So kalt. So fähig.

Kapitel 2 - Das Feuer von Shirel

Der Boden unter Rajans Füßen bebte. Nicht wirklich. Nicht körperlich. Aber in ihm.

Etwas in Nareth hatte ihn erfasst - gezogen wie eine unsichtbare Kralle in seine Brust.

Er taumelte. Und dann war er nicht mehr in der schwarzen Ebene. Nicht mehr in Nareth.

Er roch Rauch. Asche. Und Blut.

Shirel.

Der Himmel war grau. Kein Licht. Nur Wind, der durch die kahlen Zweige fuhr.

Vor ihm: ein Dorf aus Holz und Lehm, schief gebaut, von Leben durchzogen - oder von dem, was davon übrig war.

Er sah sich selbst. Jünger. Härter. Im Wappenrock der Flamme der Zucht. Der Helm unter dem Arm. Das Schwert an der Seite. Die Augen kalt.

Hinter ihm marschierten zehn Krieger. Kein Wort. Kein Zögern.

Ein alter Mann trat ihnen entgegen - die Hände erhoben, ohne Waffen.

„Wir sind keine Feinde. Wir haben nichts getan."

Rajan sah zu - machtlos, als wäre er nur ein Geist. Doch er spürte alles. Jeden Atemzug. Jeden Blick. Jede Schuld. Der junge Rajan sprach nicht. Er gab nur ein Zeichen. Pfeile flogen. Kinder schrien. Häuser brannten. Und dann kam der Moment.

Der junge mit dem grünen Tuch. Kleine Hände. Klare Augen. Keine Angst. Er stand mitten im Chaos. Blut an den Füßen. Und blickte ihn an.

„Du musst das nicht tun," flüsterte der Junge.

„Du weist es."

Der junge Rajan zitterte - ein Wimpernschlag, kaum sichtbar. Ein Schritt zurück.

Dann die Stimme des Kommandanten: „Beende es. Oder du bist einer von ihnen."

Ein Schwert wurde ihm gereicht. Rajan in der Vision schrie stumm. Er wollte schreien - sich abwenden - etwas tun. Aber sein jüngeres Ich kniete nieder. Hob das Schwert. Sah dem jungen in die Augen.

„Vergib mir…"

Und schlug zu. Der Schrei, der folgte, war nicht der des Kindes. Es war Rajans eigener.

Einer, der das Fleisch zerriss. Der die Schatten von Nareth zum Beben brachte.

Er fiel auf die Knie, als er wieder zu sich kam. Der Nebel hatte sich verzogen. Der Stein war kalt. Blut

tropfte von seinen Händen - doch das Schwert hatte
er nicht gezogen. Nur seine Schuld.

„Du wirst es nie vergessen," hauchte eine Stimme
hinter ihm.

Es war nicht Rauth-Mir. Es war seine eigene.

Der Wendepunkt

Dann kam „Shirel", ein kleines Dorf in den Nebel-
bergen. Man hatte berichtet, dass sich dort „verlo-
rene Seelen" sammeln würden. Magisch Begabte.
Kinder, die „leuchteten". Rajan führte die Flam-
menkrieger an. Er glaubte einen Schlag gegen die
Dunkelheit zu führen - doch das Dorf war keine Be-
drohung. Nur Menschen. Familien. Kinder.

Der Orden befahl: „Keine Zeugen." Und Rajan…
gehorchte.

Doch ein Kind - ein kleiner Junge mit grünem Tuch
- flehte ihn an. Sah ihn an, ohne Angst. Und Rajan
zögerte. Für einen Moment. Sein Befehlshaber sah
es. Und zwang ihn, die Klinge selbst zu führen. Das
Kind starb durch Rajans Hand. Und in diesem Moment - brach etwas in ihm.

Nicht nur ein Schwur. Etwas Tieferes.

Er verließ den Orden. Verschwand. Zerschlug sein
Schwert. Und schwor, nie wieder zu töten.

Kapitel 3 - Die Botin

Rajan saß noch immer am Boden, als sie kam. Keine Schritte. Kein Geräusch. Nur das Gefühl, dass plötzlich jemand da war, der vorher nicht da gewesen war. Er hob den Kopf. Und da stand sie. Eine Frau - gehüllt in schimmernden Stoff, der im Dunst von Nareth wie flüssiger Rauch wirkte.

Kein Alter. Keine klare Herkunft. Nur Augen, so ruhig wie stehendes Wasser, und ein Blick, der ihn durchdrang, ohne ihn zu verletzen.

„Du hast lange geschwiegen, Rajan." Ihre Stimme war nicht laut - und dennoch hallte sie in ihm wie eine Glocke aus Licht. Er antwortete nicht.

„Viele suchen diesen Ort. Doch nur wenige finden ihn. Und keiner bleibt lange."

„Was willst du?" fragte Rajan heiser. Sie trat näher, die Füße berührten kaum den Stein.

„Ich bin keine Richterin. Auch keine Retterin."

„Was dann?"

„Ich bin eine Erinnerung. Eine Warnung. Und ein Auftrag."

„Von wem?"

„Von Nareth selbst."

Rajan schnaubte.

„Nareht ist ein Ort. Kein Wesen." Sie legte den Kopf leicht schräg.

„Irrtum. Nareth lebt. Es vergisst nicht. Es prüft. Und es stirbt."

Stille.

„Etwas Altes ist erwacht, Rajan. Etwas, das jenseits deiner Schuld liegt. Jenseits von dir."

„Dann soll jemand anderes sich darum kümmern."

„Es gibt niemand anderen."

Ein leiser Wind fuhr durch die Ebene. Und die Schatten um sie herum begannen sich zu regen.

„In den tiefsten Hallen Nareths hat sich ein Riss geöffnet. Und durch ihn kriecht das, was einst verbannt war."

„Was meinst du?"

Sie trat noch näher. Und für einen Moment glaubte Rajan, ein Leuchten in ihrem Inneren zu sehen - wie einen Stern hinter Schleiern.

„Wenn der Riss sich weitet, wird Nareth fallen. Und wenn Nareth fällt... wird auch deine Welt nicht überleben."

„Warum ich?“

„Weil du das Feuer kennst.“

„Ich habe geschworen, es nie wieder zu entfachen.“

„Dann stirb. Oder brenne - mit Sinn.“

Sie streckte ihm die Hand entgegen. Nicht fordernd. Nur offen.

„Komm mit mir, Rajan. Ich zeige dir, wo alles beginnt.“

Kapitel 4 - Wo das Schweigen bricht

Sie standen an einem stillen Ufer. Kein Wasser, nur eine gläserne Fläche aus Licht und Dunkel, die sich wie ein toter See über den Boden spannte. Darüber - Stille. Nicht leer. Voll. Wie ein Raum, in dem jeder Gedanke laut hallt. Rajan saß auf einem Felsen, die Arme auf den Knien, den Blick ins endlose Nichts gerichtet.

Serah stand hinter ihm. Bewegte sich nicht. Sie hatte diese Gabe - gegenwärtig zu sein, ohne zu stören.

„Hier kommen die Schatten nicht her," sagte sie leise.

„Warum nicht?"

„Weil sie sich hier selbst sehen müssten."

Rajan schwieg.

Dann: „Du hast gesagt, du warst einmal wie ich."

„Nein," sagte sie ruhig.

„Ich war schlimmer."

Er drehte sich zu ihr um. Zum ersten Mal sah er nicht die Botin. Er sah die Frau.

Und in ihren Augen - flackerte für einen Moment ein anderes Licht. Eines, das schmerzte.

„Was hast du getan?"

Serah trat an den Rand des Sees. Ihr Spiegelbild flackerte in der Fläche, verzerrt und schön zugleich.

„Ich glaubte, dass Licht allein genügt. Dass Wahrheit heilt. Ich versuche, Nareth zu bewahren - mit Gebet, mit Hingabe, mit Opfer."

„Und dann?"

„Dann kam das Dunkel nicht von außen, sondern von innen. Aus einem von uns. Ein Hüter wie ich - doch gebrochen."

Sie hob den Blick, sah ihn an.

„Ich habe ihn nicht aufgehalten. Ich habe gezögert. Und er hat die ersten Risse geschlagen. In mich. In Nareth."

Ein feiner Riss zog sich über den gläsernen See. Ein Wispern stieg auf - als würde der Boden selbst atmen.

Rajan stand auf.

„Wer war es?"

Serah zögerte. Dann kam die Wahrheit.

„Er hieß Tharion. Ein Wächter des Inneren Lichts."

„Und jetzt?"

„Jetzt… nennt er sich Rauth-Mir."

Stille. Aber diesmal anders. Kälter. Schärfer. Wie die Luft vor einem Sturm.

Rajan starrte sie an.

„Der Dämon in mir… ist ein Teil von dir?“

Serah schloss die Augen.

Ein Hauch von Schmerz auf ihren Lippen.

„Nein. Aber er war einst mein Bruder.“

Rajan sagte nichts. Nicht weil er nicht wollte. Sondern weil Worte zu schwach waren. Zu menschlich. Er starrte Serah an, aber sah sie nicht mehr. Sein Blick ging durch sie hindurch, zurück in die Schatten seines Innersten.

Zurück zu Rauth-Mir. Zu jenem Dämon mit seinem Gesicht, seiner Stimme. Zu dem Hass, den er gegen ihn fühlte - und den Ekel, den er gegen sich selbst nie ganz abschütteln konnte.

Ein leiser Wind fuhr über den gläsernen See. Er brachte keine Kälte. Nur Erinnerung.

Serah sprach nicht. Sie ließ ihn in Ruhe - in diesem zerbrechlichen, heiligen Moment des Zusammenbruchs, der nicht nach außen drang. Rajan senkte den Blick. Seine Hände waren ruhig. Doch seine Schultern…als trügen sie plötzlich das Gewicht einer ganzen Welt.

„Dann bin ich nicht nur der, der gefallen ist…Ich bin der, durch den er weiterlebt.“

Serah antwortete nicht. Sie wusste, dass manche Wahrheiten nicht erklärt, sondern nur getragen werden konnten. Und Rajan - stand am Rande dieses Sees aus Schweigen - und wusste plötzlich:

Diese Reise ist mehr als seine Erlösung. Es ist die Korrektur eines uralten Fehlers, den nicht nur er begangen hatte.

Kapitel 5 - Der Riss im Inneren.

Er war allein. Serah hatte sich zurückgezogen, lautlos wie Nebel. Vielleicht war sie nie wirklich da gewesen. Vielleicht war sie ein Teil von Nareth, so wie der Dämon. So wie alles, was sich in ihm regte. Rajan ging. Ohne Ziel. Nur weg von dem, was sich wie Wahrheit angefühlt hatte.

Seine Schritte hallten auf dem glasartigen Boden, als würde jeder davon ein Urteil sprechen.

„Rauth-Mir… war ein Wächter. Ein Bruder von ihr." Der Gedanke nagte. Nicht wie ein Messer, sondern wie ein leises Klopfen an der Tür, das nie aufhörte.

„Und ich… bin sein Gefäß."

Er blieb stehen. Sein Blick fiel auf sein Spiegelbild im Boden. Ein Mann mit Narben. Mit Augen, die zu viel gesehen hatten. Mit Händen, die Blut trugen, selbst wenn sie leer waren.

„Vielleicht bin ich gar kein Krieger mehr."

„Vielleicht bin ich nur ein Schatten mit Erinnerung."

Etwas in ihm schrie nach Flucht. Zurück in die Oberwelt. Zurück in die Einsamkeit, in der niemand etwas forderte. Doch Nareth ließ ihn nicht los. Diese Welt war keine Falle. Sie war Wahrheit in Form gegossen. Er sank auf die Knie. Nicht aus Schwäche. Aus Schwere.

„Wenn ich gehe… wird es niemand tun. Aber wenn ich bleibe… werde ich vielleicht wieder töten müssen."

Ein Flüstern erhob sich im Nebel. Nicht Serah. Nicht Rauth-Mir. Nur das Echo seiner eigenen Angst: „Und wenn du dabei wieder zu dem wirst, der du einst warst?"

Rajan schloss die Augen. Und für einen Moment war da nichts. Nur der eigene Atem. Und der Riss. Nicht in Nareth. Sondern in ihm.

Kapitel 6 - Der Mann im roten Mantel

Der Nebel um ihn herum wurde dichter. Nicht schwer, sondern fein - fast wie Asche, die langsam in die Haut kroch. Rajan stand wieder. Seine Gedanken waren noch bei dem Riss in ihm - als plötzlich Stille zu Klang wurde. Ein leichtes Hämmern. Rhythmisch. Langsam. Wie ein Herz - nur nicht sein eigenes. Dann hörte er Schritte. Und eine Gestalt trat aus dem Dunst.

Ein Mann. Groß. Breit. Ein roter zerschlissener Mantel wehte hinter ihm. Kein Schwert, aber Spuren von Kämpfen am ganzen Körper.

Rajan zog instinktiv die Schultern zurück.

„Wer bist du?"

Der Mann lächelte. Ein ruhiges, kaltes Lächeln.

„Du. In fünf Jahren."

Rajan blieb still. Nicht aus Angst. Aus Misstrauen.

„Was willst du?"

„Dir zeigen, was passiert, wenn du deinem Gewissen folgst."

„Und wenn ich es tue?"

Der Mann lachte. Leise. Bitter. Ohne Freude.

„Dann wirst du derjenige sein, der ihre Hoffnung zerstört. Nicht ihr Feind - ihr Erlöser. Und genau das macht dich gefährlich."

Rajan spürte, wie sich der Nebel um sie beide verdichtete - und Bilder in ihm aufstiegen:

Verbrannte Städte. Kinder, die seinen Namen flüsterten - als Fluch. Serah - tot, in seinen Armen.

„Nareth braucht keine Helden. Sie braucht Zähmung. Und du wirst sie ihr bringen.

Mit Feuer. Mit Blut. Wie damals in Shirel. Nur größer."

„Nein."

„Doch. Denn das Licht in dir - es brennt. Und wenn du es nicht führst… wird es dich führen."

Der Mann im roten Mantel trat näher. Und Rajan erkannte in seinen Augen - dieselbe Dunkelheit, die er in Rauth-Mir gesehen hatte. Aber klarer. Wach. Bewusst.

„Ich bin nicht dein Schatten, Rajan. Ich bin dein Schicksal - wenn du weiter zögerst."

„Ich werde nie wieder…"

„Töten?"

Der rote Mantel flackerte.

„Dann wirst du dabei zusehen, wie alles stirbt."

Ein letztes Lächeln. Dann war er verschwunden.
Nur der rote Stoff lag noch da - im Staub. Und ver-
wandelte sich langsam in schwarzes Licht.

Kapitel 7 - Die Glut in der Asche

Rajan sank zu Boden. Nicht wie ein besiegter Krieger. Sondern wie ein Mensch, dem der Boden unter den Füßen entzogen wurde - nicht durch eine Wunde, sondern durch Erkenntnis. Sein Atem war flach. Die Luft um ihn zitterte. Der rote Mantel war verschwunden, aber das Bild blieb. Diese Zukunft. Diese Augen. Diese Kälte.

„Ich bin dein Schicksal - wenn du weiter zögerst."

Rajan schloss die Augen. Und dann fiel er. Nicht körperlich. Aber tief. Nach innen. Dunkelheit.

Er sah sich selbst. In einem Meer aus Flammen. Nicht kämpfend. Nicht fliehend. Sondern stehend - während um ihn herum alles zu Asche wurde. Er sah Kinder in Ruinen. Serah in Ketten. Die Schatten von Shirel, größer denn je.

Und in der Mitte: Der Mann im roten Mantel - der nicht sprach. Nur sah. Wie ein Richter ohne Urteil, weil das Urteil schon gefallen war. Rajan schrie. Nicht laut. Nicht nach außen. Aber so, dass die Welt in ihm bebte. Er fiel auf die Knie, krallte sich an den Boden. Er schlug nicht. Er betete nicht.

Er… ließ los. All das Festhalten. Die Angst, wieder zu werden wie einst. Die Flucht vor der eigenen Kraft. Er ließ sie fallen - wie man ein altes Schwert in den Abgrund wirft. Stille.

Und dann - ein Glimmen. Tief in seiner Brust. Kein loderndes Feuer. Keine wütende Flamme.

Nur ein einzelner Punkt aus Wärme. Wie ein Stern unter Asche.

Es war nicht Zorn. Nicht Hass. Nicht Schuld. Es war Wille. Rein. Klar. Unaufhaltsam.

Rajan öffnete die Augen. Die Welt war noch dieselbe. Nareth wartete. Die Schatten lauerten.

Aber er - war anders. Er stand auf. Langsam. Ohne Eile. Kein Pathos. Nur Wahrheit.

Und als Serah hinter ihm auftauchte - sah sie es in seinen Augen. Nicht, dass er zurückgekehrt war. Sondern, dass er begonnen hatte, heimzukehren.

Kapitel 8 - Die Hüterin der Schwelle

Sie gingen schweigend. Serah neben ihm. Rajan hinter ihr. Der Boden unter ihren Füßen war nicht mehr glatt - sondern splitterte, als würden sie über die zerbrochenen Erinnerungen längst vergessener Seelen schreiten. Vor ihnen ragte ein schwarzer Obelisk in den Himmel. Ein Monolith aus Stein und Licht, von feinen goldenen Adern durchzogen. Er pulsierte - wie ein Herz, das zu langsam schlug.

Davor: eine Frau. Stark. Breit gebaut. Mit einem Umhang aus Fell und Ketten, einem Speer, der älter wirkte als alles, was Rajan je gesehen hatte. Ihr Blick war nicht kalt - aber ohne jede Milde.

„Ihr nähert euch dem Riss." Ihre Stimme klang wie Stein, der durch Wind geschliffen wurde.

„Niemand passiert diese Schwelle ohne Prüfung."

Serah blieb stehen. Verneigte sich leicht.

„Elandra. Hüterin der Schwelle. Wir bitten um Durchlass."

„Du brauchst ihn nicht Serah. Du bist Teil des Flusses."

„Aber er…?"

„Er ist noch Sand. Er muss entscheiden, ob er Fels werden will."

Sie wandte sich zu Rajan zu. Und zum ersten Mal spürte er nicht Macht, sondern Tiefe.

„Rajan. Krieger der Flamme. Sohn des Zorns. Träger der Glut. Hast du gelernt, was du bist?"

„Nein," antwortete er leise.

„Aber ich habe gelernt, was ich nicht mehr sein will."

Elandra nickte. Dann rammte sie ihren Speer in den Boden - und der Raum um sie begann zu flimmern.

„Dann tritt vor. Und antworte. Nicht mit Worten. Sondern mit deiner Seele."

Der Nebel teilte sich. Und eine Tür erschien - aus Licht und Schatten zugleich. Nicht aus Holz, nicht aus Stein. Aus Erinnerung.

„Hinter dieser Schwelle liegt nicht der Riss. Sondern das, was du zu werden fürchtest."

Rajan trat vor. Ein Schritt. Dann noch einer. Serah rührte sich nicht. Elandra sah ihm nach - mit Blicken, die mehr wogen als Schwerter. Und dann verschwand er durch das Tor.

Zwischenspiel - Zwei, die warten

Der Riss hatte Rajan verschlungen. Die Tür war zu. Die Prüfung hatte begonnen. Stille lag über der Lichtsenke, in der Serah und Elandra nun standen. Die Hüterin lehnte sich langsam gegen ihren Speer. Nicht müde - aber schwer. Wie jemand, der das Tragen gewohnt war.

Serah schwieg. Doch in ihrem Blick lag Bewegung. Gedanken wie Vögel, die keine Ruhe fanden.

„Er trägt viel in sich," sagte Elandra schließlich, ohne sie anzusehen.

„Ja," antwortete Serah. „Und dennoch geht er."

„Viele sind gegangen. Nicht alle kamen zurück."

Ein Moment verging. Ein Riss im Nebel der Zeit.

Dann:

„Du glaubst an ihn," sagte Elandra. Keine Frage. Eine Feststellung.

„Ich glaube an das, was er noch nicht kennt."

„Das ist gefährlich."

„Alles Wahre ist das."

Elandra sah sie nun doch an. Lang. Wie jemand, der in jemand anderem sich selbst sieht - nur anders geformt.

„Du warst einmal wie ich," sagte sie leise.

Serah nickte. „Und du warst einmal wie ich.“

28

Ein kaum merkliches Lächeln huschte über Elandras Gesicht. Es verschwand schnell. Aber es war da.

„Glaubst du, dass er es schafft?“

„Nein.“

Elandra hob eine Braue. Serah schloss die Augen.

„Aber ich glaube, dass er es versuchen wird. Und manchmal… ist das genug.“

Elandra schwieg. Dann wandte sie sich dem Tor zu, das in Schatten pulsierte.

„Dann beten wir für das, was bleibt, wenn das Feuer nicht mehr kämpft, sondern trägt.“

Kapitel 9 - Der Spiegel der Asche

Es war kein Raum, den Rajan betrat. Es war Gefühl. Geruch. Ein innerer Ort, der die Form der Welt nur aus seiner Erinnerung kannte. Die Luft roch nach Stahl und nasser Erde. Wie kurz nach einem Kampf. Doch hier war kein Kampf. Nur Stille.

Und dann: Stimmen. Zuerst viele, flüsternd, chaotisch. Dann nur eine.

„Du bist zu spät."

Rajan hob den Blick. Und sah - eine Stadt. Kein Ort aus der Oberwelt. Kein Nareth. Etwas Drittes.

Ein Reich aus Staub und Ruinen, überzogen mit Bannzeichen und brennenden Bannern. An den Mauern: sein Zeichen. Der Kreis der Glut. Doch verzerrt. Gefräßig. Ein Symbol der Unterwerfung.

„Das ist nicht real."

„Noch nicht."

Die Stimme kam näher. Und dann sah er ihn - wieder. Der Mann im roten Mantel. Nur diesmal nicht als Vision. Diesmal war er lebendig.

„Du hast es nicht verhindert, Rajan."

„Du hast gezögert. Gezweifelt. Und das Feuer hast sich seinen Weg selbst gesucht."

Rajan wollte antworten - doch sein Körper war schwer. Seine Zunge wie aus Stein. Der andere trat näher. Nicht bedrohlich. Nur unausweichlich.

„Du wolltest Frieden. Doch es gab keinen. Also kam Ordnung - durch Furcht. Und du wurdest das, was du hasstest."

Rajan sah sich um - und da standen sie: Menschen. Gebückt. Mit Masken aus Ruß. Sie trugen Ketten mit seinem Namen.

„Herr Rajan… bitte…"

Ein Kind trat vor. Nicht älter als das aus Shirel. Die Augen leer. Die Haut grau.

„Sag, dass du es nicht bist…"

Und dann - wurde Rajan plötzlich er. Der Mantel. Das Symbol. Der Blick. Alles an ihm war der Schatten. Er blickte an sich herab - und sah seine Hände. Kalt. Schwarz. Schuldig.

„Das bist du, wenn du nicht wählst."

Die Welt zerfiel. Langsam. In Flammen aus weißem Licht.

„Entscheide, Rajan. Wer bist du? Ein Träger des Feuers - oder sein Gefangener?"

Die Welt um Rajan begann zu flackern. Wie ein Traum, der zu lange gehalten wurde. Und dann - brach sie auf. Er fiel. Nicht mit dem Körper. Mit der Seele. Und alles, was er je verdrängt hatte, stieg ihm entgegen.

Ein Kind lachte. Ein echtes Lachen - hell, frei, unschuldig. Es war das Kind von Shirel. Doch diesmal nicht in Blut. Es spielte. Rannte durch ein Feld. Und Rajan sah: So hätte es leben können. So hätte er leben lassen können.

Eine Flamme in seiner Brust. Sie war nicht wild. Sie war ruhig.

Ein Licht, das nicht fraß, sondern wärmte. Es flackerte sanft - wie eine Erinnerung an etwas, das nie ganz verloren ging.

„Dies ist dein wahres Feuer," flüsterte eine Stimme. „Du hast es vergessen - aber es hat dich nicht verlassen."

Ein Spiegel erschien. Darin: er selbst. Aber nicht der Kämpfer. Nicht der Gefallene. Nicht der Richter. Ein Mann - mit Augen, die Wunden trugen, aber keine Angst mehr. Er sah hinein. Und sah plötzlich andere Gesichter hinter seinem:

Serah.

Elandra.

Das Kind.

Tharion, bevor er Rauth-Mir wurde.

Alle.

Teil von ihm. Nicht als Schuld - sondern als Erbe.

Dann: Ein Baum aus schwarzem Stein. Mit brennenden Ästen. In seiner Krone: ein Schwert. Zerbrochen. Doch leuchtend. Rajan trat näher. Legte die Hand auf dem Stamm. Und spürte:

„Dies ist die Erinnerung an das, was du warst - und die Wurzel dessen, was du werden kannst."

Er schloss die Augen.

„Ich bin kein Erlöser. Ich bin kein Tyrann. Ich bin der, der wählt."

„Ich bin der, der trägt.

Die Welt erbebte. Doch diesmal nicht, um ihn zu erschüttern - sondern um ihn zu tragen. Er öffnete die Augen. Die Stadt war fort. Der Schatten verschwunden. Und vor ihm: Das Tor. Der Riss.

Noch geschlossen. Aber wartend. Und Serah - stand da, und sah ihn an mit einem Blick, der nichts fragte, aber alles wusste.

Kapitel 10 - Am Riss

Rajan trat aus dem Nebel wie aus einer Geburt. Sein Gang war ruhig. Nicht heldenhaft. Nicht schwer. Nur echt.

Serah wartete. Sie hatte sich nicht bewegt. Nicht gewartet wie eine Beobachterin - sondern wie ein Zeichen, das sich nicht drängt, aber nie weicht.

Er blieb vor ihr stehen. Ein Moment verging. Langsam. Wie etwas, das sich nicht eilt, weil es wahr ist. Nur da. Ganz.

„Du hast dich nicht verändert,“ sagte sie.

Rajan hob die Braue. „Nein?“

„Du bist nicht neu geworden. Du bist einfach du selbst geworden.“

Ein Lächeln zuckte über seine Lippen. Es blieb nicht lange. Aber es war echt.

„Danke,“ sagte er.

„Nicht dafür,“ antworte sie.

„Wofür dann?“

„Dafür, dass du noch gehst.“

Sie sah ihn einen Moment an, dann reichte sie ihm die Hand. Kein Symbol. Kein Schwur. Nur eine Geste. Er nahm sie. Ihre Finger waren kühl, aber lebendig. Und dann drehten sie sich gemeinsam dem Riss zu. Ein Pulsieren in der Luft - wie ein

Herz, das zu schlagen beginnt, weil es weiß, dass jemand bereit ist, es zu hören.

Kapitel 11 - Der Schritt ins Herz

Der Riss war kein Spalt. Keine Tür. Kein Portal. Es war eine Linie der Luft, flimmernd, wie Hitze auf Stein. Kaum sichtbar. Aber unausweichlich. Er schwebte vor ihnen - nicht als Feind, nicht als Freund. Ein Prüfstein, der nichts versprach, außer dem, was bereits in ihnen lebte.

Rajan stand still. Serah neben ihm. Er spürte den Atem der Tiefe. Nicht wie Wind - sondern wie eine Erinnerung, die seinen Namen rief.

„Bist du bereit?" fragte sie.

Er nickte. Nicht aus Mut. Sondern aus Klarheit.

„Ich weis nicht, was dahinter ist."

„Niemand weiß es."

„Und du kommst trotzdem mit?"

Serah sah ihn an - ein Blick, weich und uralt zugleich.

„Ich habe dich durch Nareth geführt, Rajan. Jetzt führe ich dich durch den letzten Ort. Nicht als Wegweiserin. Nicht als Hüterin. Sondern einfach… mit dir."

Sie reichten sich nicht die Hände. Sie riefen keine alten Schwüre. Sie gingen. Schritt für Schritt näher an das Licht, das zugleich Dunkel war. An den Ton, der wie Stille klang. An das, was wartete, weil es schon immer da gewesen war. Und als ihre Körper den Riss berührten, verzog sich die Welt um sie herum. Keine Explosion. Kein Schrei.

Nur ein Atemzug - so tief, so vollkommen, als hätte die Welt selbst zum ersten Mal seit Äonen wieder eingeatmet. Dann - waren sie fort. Und die Schwelle stand leer.

Kapitel 12 - Das Herz Nareths

Licht. Nicht blendend. Nicht gleißend. Ein anderes Licht. Eines, das nicht sieht - sondern fühlt.

Rajan blinzelte. Sein Körper fühlte sich nicht mehr an wie Fleisch. Eher wie Erinnerung. Verdichtet zu Form.

Serah stand neben ihm. Unverändert. Oder vielleicht - mehr sie selbst als je zuvor. Sie sprachen nicht. Sie waren. Vor ihnen öffnete sich eine Kuppel aus Schimmern, wie ein lebendiger Dom, aus Gedanken gebaut, aus verlorenen Stimmen geformt.

In ihrer Mitte: Ein Baum. Nicht aus Holz. Nicht aus Stein. Sondern aus Lichtadern, die in alle Richtungen pulsieren - wie Nervenbahnen eines lebenden Raumes. Er wuchs nicht nach oben. Sondern nach innen. In seinem Stamm: Ein leuchtender Kern. Ruhig. Still. Unendlich alt.

Rajan spürte es sofort. Nicht als Macht. Nicht als Gefahr.

Sondern als eine Gegenwart, die alles sah und alles wusste.

„Das ist es," flüsterte Serah.

„Das Herz."

„Von Nareth?"

„Von allem."

Sie traten näher. Mit jedem Schritt wurde Rajans
Blick klarer. Nicht mit den Augen. Mit den Inners-
ten. Und dann - sprach es. Nicht mit Worten. Mit
Gegenwart.

„Du hast getragen."

„Du hast gesehen."

„Nun frage ich dich, Rajan…"

„Willst du bewahren - oder willst du verwandeln?"

Kapitel 13 - Entscheidung

Das Licht flackerte nicht. Es wartete nicht. Es war. Und es hörte.

Rajan trat einen Schritt näher. So nah, dass das Licht sein Gesicht berührte. Es tat nicht weh. Es nahm nichts. Aber es sah alles. Und dann sagte er:

„Ich will verwandeln."

„Nicht, was war. Nicht, was andere sind. Mich."

„Ich will das Feuer nicht mehr fürchten. Ich will es führen."

„Nicht als Klinge. Als Flamme, die trägt."

Stille. Tiefe. Wie ein unendlicher Ozean. Dann - bewegte sich der Baum. Sein Licht weitete sich.

Die Adern begannen zu singen - kein Ton, sondern Schwingung. Und Rajan fiel nicht - er löste sich. Nicht sein Körper. Nicht sein Geist. Sondern das, was ihn festgehalten hatte.

Er sah Bilder: Der Moment mit dem Kind. Der Schatten im Mantel. Rauht-Mir. Tharion. Serah. E-landra. Die Stadt. Die Klinge. Die Asche.

Und dann: nichts. Reines Licht. Und aus dem Licht: Er selbst. Nicht verändert. Nicht geheilt. Nicht gerettet. Wandlung. In seiner reinsten Form. Ein neues Feuer erwachte in ihm. Nicht laut. Nicht brennend. Sondern klar.

Und als das Licht ihn wieder ausspuckte - stand Rajan da. Die Augen ruhig. Die Schultern frei. In seinem Inneren: Glut. Nicht um zu verbrennen. Um zu leuchten.

Serah sah ihn an. Und in ihrem Blick lag keine Überraschung. Nur Anerkennung. Und vielleicht - Dankbarkeit.

„Jetzt beginnt es erst," sagte sie. Rajan nickte. „Ich weiß."

Kapitel 14 - Der Ruf des Schattens

Die Rückkehr aus dem Herzen Nareths war kein Schritt. Es war ein Aufsteigen. Ein Wieder-Eintauchen in Raum und Zeit, nachdem man beides hinter sich gelassen hatte. Rajan öffnete die Augen - und wusste sofort: Er war nicht allein. Nicht nur wegen Serah, die neben ihm stand wie ein lebendiger Schwur. Etwas hatte ihn gespürt. Jemand. Die Luft vibrierte. Nicht laut. Aber wie vor einem Sturm.

„Er weiß es," sagte Serah.

„Er spürt, dass du ihn nicht mehr fürchtest."

Rajan schloss kurz die Augen. Ein letztes Mal tauchte er nach innen. Und was er fand, war kein Feuer. Es war Form.

„Dann soll er kommen."

Und Rauth-Mir kam. Nicht schleichend. Nicht listig. Er trat durch den Riss, als gehöre er dorthin. Als wäre er immer schon dort gewesen. Sein Gang war langsam. Seine Augen wie schwarze Seen. Aber diesmal… war da ein Funke. Nicht Wut. Nicht Spott.

Verwirrung. Er blieb stehen. Blickte Rajan an. Lange.

Wie ein Spiegel, der sein Bild nicht mehr erkennt.

„Was hast du getan?"

„Ich bin nicht mehr dein Gefängnis.“

„Du… du hast dich verändert.“

„Nein.“

„Dann… was bist du?“

Rajan trat näher. Die Schritte klangen wie Urteil. Aber nicht aus Hass. Aus Wahrheit.

„Ich bin der, der dich nicht mehr braucht.“

Die Schatten um Rauth-Mir begannen zu zucken. Er atmete schwer. Zum ersten Mal - nicht über Rajan. Sondern unter ihm.

„Du hast mich erschaffen!“ schrie er.

„Ich war dein Echo, dein Wächter, dein Mahner!“

„Ich war dein Schutzschild vor dir selbst!“

Rajan blieb still. Dann antwortete er - leise, fest: „Und jetzt lasse ich dich gehen.“

Ein Moment verging. Dann: Rauth-Mir schrie. Nicht als Angriff - als Verlust. Sein Körper flackerte. Schwarzes Licht riss sich von ihm los. Sein Gesicht zerfiel - nicht in Rauch, sondern in Asche aus Erinnerung.

„Du kannst mich nicht vernichten!“

„Ich muss dich nicht vernichten,“ sagte Rajan.

„Ich muss dich nur… nicht mehr tragen.“

Und mit diesen Worten - verglühte Rauth-Mir. Kein Donner. Kein Lichtblitz. Nur Stille. Und in dieser Stille: Freiheit.

Kapitel 15 - Das letzte Flüstern

Der Staub von Rauth-Mir war kaum zu Boden gesunken, da flackerte der Boden von Nareth.

Nicht heftig. Nicht dramatisch. Nur… anders.

Rajan spürte es zuerst in seinem Atem. Dann im Licht. Dann in Serahs Blick. Sie sah ihn nicht mehr an. Sie starrte auf dem Himmel - der zu flimmern begann wie Wasser über Flammen.

„Was ist das?" fragte Rajan.

Serah trat zurück. Ein Schritt nur - aber das erste Mal, seit er sie kannte, war in ihrem Blick Furcht.

„Es war nie Rauth-Mir."

„Was meinst du?"

„Es war das Echo deiner Schuld. Aber irgendwo in Nareth… hat sich etwas genährt."

„Wovon?"

„Von allem, was wir verdrängt haben. Nicht nur du. Nicht nur ich. Sondern alle, die hierher fliehen, statt zu wandeln."

Der Himmel riss. Ein Spalt - aus goldenem Licht, das gleichzeitig schwarz war. Ein Laut drang durch. Kein Schrei. Ein Sog. Und dann - ein Kind trat heraus. Nicht verletzt. Nicht dämonisch. Nur still. Zu still. Seine Augen waren leer. Aber aus seinem Mund sprach eine Stimme, die alt war wie Nareth selbst.

„Ihr habt ein Echo getötet… aber das Lied lebt weiter."

Rajan trat nach vorn.

„Wer bist du?"

„Ich bin das, was bleibt, wenn niemand mehr trägt."

„Ich bin das, was ihr zurückgelassen habt."

Serah flüsterte nur ein Wort: „Na'Zareth…"

Rajan drehte sich zu ihr. „Was ist das?"

„Nicht was. Wer. Der Schatten der Welt selbst. Der Wille, der nicht getragen, sondern verleugnet wurde. Er war einst gebunden - aber Rauth-Mirs Schwäche hat ihn geweckt."

Das Kind trat näher. Seine Haut begann zu reißen - und aus ihm stieg kein Dämon, sondern ein Wesen aus Licht und Finsternis zugleich.

„Du hast dich verwandelt, Rajan. Jetzt frage ich dich… willst du allein gehen? Oder wirst du ein Wächter - für alle, die noch kommen werden?"

Ein neuer Pfad liegt vor ihm. Der Konflikt mit Rauth-Mir war nicht das Ende - sondern der Beginn eines viel größeren Auftrags.

Kapitel 16 - Der neue Schwur

Das Wesen vor ihm war kein Feind. Kein Freund. Es war das, was bleibt, wenn Welten nicht geheilt, sondern vergessen werden.

Na'Zareth. Das Herz der Verdrängung. Die Stimme derer, die nie gehört wurden. Serah wich nicht zurück. Aber sie war still. Denn sie wusste: Dies war nicht ihr Schwur. Es war seiner.

Rajan trat vor. Er hatte kein Schwert. Keine Flamme. Keine Krone. Nur das, was aus ihm geworden war. Er sah das Kind, sah das Licht darin, sah das Dunkel drumherum.

Und dann sprach er - nicht mit der Stimme eines Mannes, sondern mit der Stimme eines Weges.

„Ich bin Rajan. Ich war Feuer. Ich war Schuld. Ich war Flucht. Und ich bin geblieben."

„Ich habe getötet. Ich habe gezweifelt. Ich habe getragen."

„Und jetzt trage ich nicht mehr nur mich. Ich trage alle, die noch kommen werden. Ich bin kein Retter. Ich bin kein Herrscher. Ich bin Wächter."

Na'Zareth schwieg. Dann senkte es den Blick.

„Dann wirst du bleiben müssen. Hier. Zwischen den Welten."

„Ich weiß."

Serah sah ihn an. Eine Träne in ihren Augen - nicht aus Trauer. Aus Anerkennung.

„Du warst nie der Gefallene, Rajan. Du warst immer der, der zurückgekehrt ist."

Rajan sah zum Riss, sah sich selbst. Und sagte:

„Dies ist mein letzter Schwur - nicht mehr für mich. Für das, was kommen wird."

Glossar:

Genre: Dark Fantasy mit spiritueller Tiefe

-> Ein gefallener Krieger sucht in einer zerfallenen Welt Erlösung - durch Magie, Kampf und innere Wandlung.

Motiv: Der Schwur. Die Schuld. Der Ruf.

Held: Rajan - der Krieger, der geschworen hat, nie wieder zu töten

-> Er war einst der gefürchtetste Krieger des Ordens „Die Flamme der Zucht".

Nach einem Massaker, das er selbst anführte - und das auch Unschuldige verschlang - brach er seinen Schwur und verschwand.

Seitdem lebt er verborgen, schweigend, von Schuld zerfressen.

Bis sich die Schleier zur Zwischenwelt wieder öffnen. Etwas Altes ruft ihn.

Etwas, das nur er noch bekämpfen kann.

Welt: Nareth - die Zwischenwelt, nur durch Schmerz oder völlige Hingabe betretbar

-> Klingt wie ein vergessener Ort, zeitlos.

Könnte vom alten Wort für „Narbe" oder „Erinnerung" abgeleitet sein.

-> der Ort, wo alte Wunden nicht ruhen, wo Schmerz Erinnerung ist und Erinnerung Macht.

Ein Name, der flüstert: „Nichts ist je wirklich vorbei."

Der Dämon: Rauth-Mir (bedeutet in der alten Sprache „Erinnerung im Fleisch") - Verkörperung seiner Schuld

-> Erscheinung:

- hat Rajans Gesicht - aber leer, verbrannt, entstellt.

- kein körperliches Wesen in der Oberwelt - nur in Nareth.

- spricht mit vielen Stimmen gleichzeitig: der des Kindes, der Opfer, des Ordens, Rajans eigener.

  -> Wesen:

- er ist kein klassischer Dämon, sondern ein Splitter Rajans Seele, verdichtet durch Schuld, Selbsthass und gebrochene Ehre.

- er taucht auf, wenn Rajan versucht, sich zu vergessen oder zu fliehen.

- Rauth-Mir ist Teil von Nareth, weil Nareth aus inneren Wunden besteht.

- je mehr Rajan sich selbst verleugnet, desto stärker wird Rauth-Mir.

- er will nicht sterben - denn er ist Rajans Unvergebenes.

Die Botin: Serah il'Veyra

-> Ein Name wie aus einer alten Sprache - ruhig, würdevoll, unvergesslich.

- Serah = Licht

- Veyra = durch das Dunkel gehend

  -> Erscheinung:

- Augen wie schwarzer Bernstein - sehen in Rajan nicht nur den Mann, sondern seine Geschichte

- Bewegungen wie Wasser, fast traumhaft

- Ihre Stimme wechselt je nach Ton - mal sanft wie Wind, mal klar wie Stahl

- Sie trägt kein Schwert - aber um sie liegt eine Aura, als hätte sie einst eines getragen

  -> Herkunft/Hintergrund:

Serah war vor langer Zeit selbst Kriegerin - aus einem Orden, der Nareth nicht mit Feuer, sondern mit Opfer bewacht hat: „Die Hüter des Inneren Lichts."

Ein vergessener Pfad. Ihr Orden wurde ausgelöscht, nachdem er sich geweigert hatte, das Licht zu benutzen, um zu zerstören.

Nur Serah überlebte - nicht, weil sie kämpfte, sondern weil sie sich Nareth ganz hingab.

Seitdem ist sie nicht tot, nicht lebendig.

Sie lebt in Nareth, als Grenzgängerin.

Sie spürt, wenn sich das Gleichgewicht verschiebt.

Sie sucht die, die einst gefallen sind - und prüft, ob sie noch zu retten sind.

-> Verbindung zu Rajan:

- Serah hat Rajan beobachtet, seit er Nareth zum ersten Mal betrat.

- Sie hat ihn nicht verurteilt, sondern verstanden.

- Sie sieht in ihm den letzten Funken des Alten Feuers - das Feuer, das zerstören kann, aber auch reinigen.

- Ihre Hoffnung ist nicht blind - sie glaubt nicht an Helden, sondern an Entscheidungen.

-> Innerer Konflikt:

- Serah trägt selbst Schuld - sie konnte ihren Orden nicht retten

- Sie sieht in Rajan eine zweite Chance - nicht nur für ihn, sondern für sich.

- Doch sie fürchtet, dass sie ihn führt, nur um sich selbst zu erlösen.

-> Ziel:

- Rajan in die Tiefen Nareths führen - dorthin, wo das uralte Wesen erwacht.

- Dort liegt der Riss - die Quelle des Unheils.

- Nur Rajan kann ihn betreten - aber nur, wenn er sein Feuer wieder annimmt.

- Serah wird ihn begleiten - als Wegweiserin, nicht als Retterin.

Elandra - Die Stille Kette

-> Name: Elandra Kael'Vorr

- „Kael" = Feuer / „Vorr" = Bindung

- Ihr Name bedeutet: „Die an das Feuer Gebundene"

-> Herkunft:

Elandra stammt aus einem uralten Volk: den Ka-evari, den „Wanderern des Schweigefeuers".

Ein Stamm, der Nareth nicht bekämpfte - sondern in sich trug.

Sie waren keine Krieger im klassischen Sinn. Ihre Waffe war das Aushalten.

Ihr Weg: der der inneren Prüfung.

In einem uralten Ritual traten junge Kaevari einzeln durch die „Halle der Leeren Namen" - ein Ort in Nareth, in dem sie alles vergaßen, was sie je waren.

Wenn sie zurückkehrten, wussten sie nur noch eines: Für was sie stehen.

Und ob sie würdig waren, etwas zu bewachen, das jenseits von Sprache lag.

-> Elandras Prüfung:

Elandra war die jüngste, die je die Halle betrat.

Und die Einzige, die nicht zurückkehrte. Stattdessen blieb sie dort - am Rand des Vergessens.

Und sie wurde die Schwelle selbst.

Sie warf ihr altes Ich ab. Ihren Namen. Ihre Familie. Ihre Vergangenheit.

Und aus ihr wurde eine Hüterin. Nicht durch Eid, sondern durch Wandlung.

-> Ihre Aufgabe:

Sie bewacht den letzten Übergang, bevor man den Riss erreicht.

Der Riss ist kein Ort - sondern ein Zustand.

Nur jene, die ihrem tiefsten Selbst begegnet sind, dürfen ihn sehen.

Elandra prüft nicht mit Schwert oder Urteil - sondern mit Wahrheit.

Jeder der vor ihr steht, sieht nicht sie - sondern das, was er am meisten fürchtet, durch ihre Augen.

-> Ihr Inneres:

Elandra wirkt unerschütterlich. Doch tief in ihr brennt noch immer das, was sie nie ganz loslassen konnte:

Ein Gefühl von Zugehörigkeit. Nicht zu einem Volk. Sondern zu jemandem, den sie einst geliebt hatte - der durch den Riss fiel und nie wiederkehrte.

Manchmal, nachts, wenn Nareth still ist, hört sie seinen Namen im Wind. Aber sie spricht ihn nie. Denn wer Schwelle ist, darf nicht zurück.

Zusammenfassung: Band I - Der letzte Schwur

Worum geht es?

„Der letzte Schwur" erzählt die Geschichte von Rajan, einem einst gefürchteten Krieger, der geschworen hat, nie wieder zu töten. Gezeichnet von Schuld über ein grausames Massaker im Dorf Shirel, bei dem er ein unschuldiges Kind tötete, lebt er zurückgezogen - bis ihn die Zwischenwelt Nareth erneut ruft.

Nareth ist kein Ort - sie ist ein Spiegel der Seele. Eine lebendige Welt zwischen Leben und Tod, in der nur jene wandeln können, die gebrochen sind. Dort begegnet Rajan seinem inneren Dämon Rauth-Mir - ein verzerrtes Abbild seiner selbst, geboren aus Schuld und Selbsthass.

Was geschieht?

Geführt von der rätselhaften Serah, einer Hüterin mit eigener dunkler Vergangenheit, beginnt Rajan eine Reise durch Visionen, Erinnerungen und Prüfungen. Er begegnet der Wahrheit über seine Tat, sieht eine Zukunft, in der er selbst zum Tyrannen wird, und wird von seinem eigenen Schatten geprüft.

In einer tiefen inneren Wandlung erkennt Rajan:
Das Feuer, das in ihm brennt, muss nicht zerstören
- es kann führen.

Er entscheidet sich bewusst: nicht mehr zu fliehen,
sondern zu tragen.

Gemeinsam mit Serah betritt er das Herz von Nareth, wo er dem Ursprung begegnet - einer lebendi-
gen Präsenz, die ihm eine letzte Wahl stellt: bewahren oder verwandeln.

Rajan wählt die Wandlung.

Doch als sein innerer Dämon vergeht, erwacht etwas Größeres:

Na'Zareth - der kollektive Schatten all jener, die verdrängt, verleugnet, vergessen wurden. Ein uraltes
Wesen, das nicht bekämpft, sondern anerkannt werden muss.

Am Ende spricht Rajan seinen letzten Schwur:

Er wird Wächter. Nicht über andere - sondern über
den Pfad, den er selbst gegangen ist.

Für jene, die noch kommen.

Für die, die noch fallen werden.

Und für die, die wieder auferstehen müssen.

Der Sinn hinter der Geschichte

„Der letzte Schwur" ist mehr als ein Fantasy-Abenteuer.

Es ist eine Geschichte über Schuld und Vergebung, über innere Dämonen, über die Kraft der Wandlung, und über die Verantwortung, die bleibt, wenn man sich selbst erkannt hat.

Rajan steht für den Menschen, der gefallen ist - aber nicht im Fallen endet. Sondern in der Entscheidung, wieder aufzustehen - nicht als Held, sondern als Wächter der Wahrheit.